JOHANN WOLFGANG GOETHE

Die schönsten Gedichte

Ob »Edel sei der Mensch, / Hülfreich und gut!«, »Füllest wieder Busch und Tal / Still mit Nebelglanz« oder »Zum Sehen geboren, / Zum Schauen bestellt« – unzählige Verse aus Goethes lyrischem Werk sind auch heute noch gern verwendete Bonmots. Der Weimarer Dichterfürst schrieb mehr als dreitausend Gedichte in den unterschiedlichsten Formen, Traditionen und zu den verschiedensten Themen. Goethe selbst sagte über seine Lyrik: »Alle meine Gedichte sind Gelegenheitsgedichte, sie sind durch die Wirklichkeit angeregt und haben darin ihren Grund und Boden.«

JOHANN WOLFGANG GOETHE

Die schönsten Gedichte

Ausgewählt von Dietrich Bode

RECLAM

Die Nacht

Gern verlass ich diese Hütte,
Meiner Schönen Aufenthalt,
Und durchstreich mit leisem Tritte
Diesen ausgestorbnen Wald.
Luna bricht die Nacht der Eichen,
Zephirs melden ihren Lauf,
Und die Birken streun mit Neigen
Ihr den süßten Weihrauch auf.

Schauer, der das Herze fühlen,
Der die Seele schmelzen macht,
Wandelt im Gebüsch im Kühlen.
Welche schöne, süße Nacht!
Freude! Wollust! Kaum zu fassen!
Und doch wollt ich, Himmel, dir
Tausend deiner Nächte lassen,
Gäb mein Mädchen eine mir.

Ode

an meinen Freund Behrisch

Sei gefühllos!
Ein leichtbewegtes Herz
Ist ein elend Gut
Auf der wankenden Erde.

Behrisch, des Frühlings Lächeln
Erheitre deine Stirne nie,
Nie trübt sie dann mit Verdruss
Des Winters stürmischer Ernst.

Lehne dich nie an des Mädchens
Sorgenverwiegende Brust,
Nie auf des Freundes
Elendtragenden Arm.

Schon versammelt
Von seiner Klippenwarte
Der Neid auf dich
Den ganzen luchsgleichen Blick,

Dehnt die Klauen,
Stürzt und schlägt
Hinterlistig sie
Dir in die Schultern.

Stark sind die magern Arme,
Wie Panther-Arme,
Er schüttelt dich
Und reißt dich los.

Tod ist Trennung,
Dreifacher Tod
Trennung ohne Hoffnung
Wiederzusehn.

Gerne verließest du
Dieses gehasste Land,
Hielte dich nicht Freundschaft
Mit Blumenfesseln an mir.

Zerreiß sie! Ich klage nicht.
Kein edler Freund
Hält den Mitgefangenen
Der fliehn kann zurück.

Der Gedanke
Von des Freundes Freiheit
Ist ihm Freiheit
Im Kerker.

Du gehst, ich bleibe.
Aber schon drehen
Des letzten Jahrs Flügelspeichen
Sich um die rauchende Achse.

Ich zähle die Schläge
Des donnernden Rads,
Segne den letzten,
Da springen die Riegel, frei bin ich wie du.

Mit einem gemalten Band

Kleine Blumen, kleine Blätter
Streuen mir mit leichter Hand
Gute junge Frühlings-Götter
Tändelnd auf ein luftig Band.

Zephyr, nimm's auf deine Flügel,
Schling's um meiner Liebsten Kleid;
Und so tritt sie vor den Spiegel
All in ihrer Munterkeit.

Sieht mit Rosen sich umgeben,
Selbst wie eine Rose jung.
Einen Blick, geliebtes Leben!
Und ich bin belohnt genung.

Fühle, was dies Herz empfindet,
Reiche frei mir deine Hand,
Und das Band, das uns verbindet,
Sei kein schwaches Rosenband!

Willkommen und Abschied

Es schlug mein Herz, geschwind zu Pferde!
Es war getan fast eh' gedacht;
Der Abend wiegte schon die Erde
Und an den Bergen hing die Nacht:
Schon stand im Nebelkleid die Eiche,
Ein aufgetürmter Riese, da,
Wo Finsternis aus dem Gesträuche
Mit hundert schwarzen Augen sah.

Der Mond von einem Wolkenhügel
Sah kläglich aus dem Duft hervor,
Die Winde schwangen leise Flügel,
Umsausten schauerlich mein Ohr;
Die Nacht schuf tausend Ungeheuer;
Doch frisch und fröhlich war mein Mut:
In meinen Adern welches Feuer!
In meinem Herzen welche Glut!

Dich sah ich, und die milde Freude
Floss von dem süßen Blick auf mich;
Ganz war mein Herz an deiner Seite
Und jeder Atemzug für dich.
Ein rosenfarbnes Frühlingswetter
Umgab das liebliche Gesicht,
Und Zärtlichkeit für mich – ihr Götter!
Ich hofft' es, ich verdient' es nicht!

Doch ach, schon mit der Morgensonne
Verengt der Abschied mir das Herz:
In deinen Küssen welche Wonne!
In deinem Auge welcher Schmerz!

Ich ging, du standst und sahst zur Erden,
Und sahst mir nach mit nassem Blick:
Und doch, welch Glück geliebt zu werden!
Und lieben, Götter, welch ein Glück!

Heidenröslein

Sah ein Knab ein Röslein stehn,
Röslein auf der Heiden,
War so jung und morgenschön,
Lief er schnell es nah zu sehn,
Sah's mit vielen Freuden.
Röslein, Röslein, Röslein rot,
Röslein auf der Heiden.

Knabe sprach: Ich breche dich,
Röslein auf der Heiden!
Röslein sprach: Ich steche dich,
Dass du ewig denkst an mich,
Und ich will's nicht leiden.
Röslein, Röslein, Röslein rot,
Röslein auf der Heiden.

Und der wilde Knabe brach
's Röslein auf der Heiden;
Röslein wehrte sich und stach,
Half ihm doch kein Weh und Ach,
Musst' es eben leiden.
Röslein, Röslein, Röslein rot,
Röslein auf der Heiden.

Wandrers Sturmlied

Wen du nicht verlässest, Genius,
Nicht der Regen, nicht der Sturm
Haucht ihm Schauer übers Herz.
Wen du nicht verlässest, Genius,
Wird dem Regengewölk,
Wird dem Schlossensturm
Entgegen singen,
Wie die Lerche,
Du da droben.

Den du nicht verlässest, Genius,
Wirst ihn heben übern Schlammpfad
Mit den Feuerflügeln;
Wandeln wird er
Wie mit Blumenfüßen
Über Deukalions Flutschlamm,
Python tötend, leicht, groß,
Pythius Apollo.

Den du nicht verlässest, Genius,
Wirst die wollnen Flügel unterspreiten,
Wenn er auf dem Felsen schläft,
Wirst mit Hüterfittigen ihn decken
In des Haines Mitternacht.

Wen du nicht verlässest, Genius,
Wirst im Schneegestöber
Wärmumhüllen;
Nach der Wärme ziehn sich Musen,
Nach der Wärme Charitinnen.

Umschwebet mich, ihr Musen,
Ihr Charitinnen!
Das ist Wasser, das ist Erde
Und der Sohn des Wassers und der Erde,
Über den ich wandle
Göttergleich.

Ihr seid rein, wie das Herz der Wasser,
Ihr seid rein, wie das Mark der Erde,
Ihr umschwebt mich und ich schwebe
Über Wasser, über Erde,
Göttergleich.

Soll der zurückkehren
Der kleine, schwarze, feurige Bauer?
Soll der zurückkehren, erwartend
Nur deine Gaben, Vater Bromius,
Und hellleuchtend umwärmend Feuer?
Der kehren mutig?
Und ich, den ihr begleitet,
Musen und Charitinnen alle,
Den alles erwartet, was ihr,
Musen und Charitinnen,
Umkränzende Seligkeit
Rings ums Leben verherrlicht habt,
Soll mutlos kehren?

Vater Bromius!
Du bist Genius,
Jahrhunderts Genius,
Bist, was innre Glut
Pindarn war,

Was der Welt
Phöbus Apoll ist.

Weh! Weh! Innre Wärme,
Seelenwärme,
Mittelpunkt!
Glüh entgegen
Phöb' Apollen;
Kalt wird sonst
Sein Fürstenblick
Über dich vorübergleiten,
Neidgetroffen
Auf der Zeder Kraft verweilen,
Die zu grünen
Sein nicht harrt.

Warum nennt mein Lied dich zuletzt?
Dich, von dem es begann,
Dich, in dem es endet,
Dich, aus dem es quillt,
Jupiter Pluvius!
Dich, dich strömt mein Lied,
Und kastalischer Quell
Rinnt ein Nebenbach,
Rinnet Müßigen,
Sterblich Glücklichen
Abseits von dir,
Der du mich fassend deckst,
Jupiter Pluvius!

Nicht am Ulmenbaum
Hast du ihn besucht,

Mit dem Taubenpaar
In dem zärtlichen Arm,
Mit der freundlichen Ros umkränzt,
Tändelnden ihn, blumenglücklichen
Anakreon,
Sturmatmende Gottheit!

Nicht im Pappelwald
An des Sybaris Strand,
An des Gebirges
Sonnebeglänzter Stirn nicht
Fasstest du ihn,
Den Blumen-singenden
Honig-lallenden
Freundlich winkenden
Theokrit.

Wenn die Räder rasselten
Rad an Rad rasch ums Ziel weg,
Hoch flog
Siegdurchglühter
Jünglinge Peitschenknall,
Und sich Staub wälzt',
Wie vom Gebirg herab
Kieselwetter ins Tal,
Glühte deine Seel Gefahren, Pindar,
Mut. – Glühte? –
Armes Herz!
Dort auf dem Hügel,
Himmlische Macht!
Nur so viel Glut,
Dort meine Hütte,
Dorthin zu waten!

Der König in Thule

Es war ein König in Thule
Gar treu bis an das Grab,
Dem sterbend seine Buhle
Einen goldnen Becher gab.

Es ging ihm nichts darüber,
Er leert' ihn jeden Schmaus;
Die Augen gingen ihm über,
So oft er trank daraus.

Und als er kam zu sterben,
Zählt' er seine Städt im Reich,
Gönnt' alles seinem Erben,
Den Becher nicht zugleich.

Er saß beim Königsmahle,
Die Ritter um ihn her,
Auf hohem Vätersaale,
Dort auf dem Schloss am Meer.

Dort stand der alte Zecher,
Trank letzte Lebensglut,
Und warf den heilgen Becher
Hinunter in die Flut.

Er sah ihn stürzen, trinken
Und sinken tief ins Meer.
Die Augen täten ihm sinken;
Trank nie einen Tropfen mehr.

Ganymed

Wie im Morgenglanze
Du rings mich anglühst,
Frühling, Geliebter!
Mit tausendfacher Liebeswonne
Sich an mein Herz drängt
Deiner ewigen Wärme
Heilig Gefühl,
Unendliche Schöne!

Dass ich dich fassen möcht
In diesen Arm!

Ach an deinem Busen
Lieg ich, schmachte,
Und deine Blumen, dein Gras
Drängen sich an mein Herz.
Du kühlst den brennenden
Durst meines Busens,
Lieblicher Morgenwind!
Ruft drein die Nachtigall
Liebend nach mir aus dem Nebeltal.

Ich komm, ich komme!
Wohin? Ach, wohin?

Hinauf! Hinauf strebt's.
Es schweben die Wolken
Abwärts, die Wolken
Neigen sich der sehnenden Liebe.
Mir! Mir!
In euerm Schoße

Aufwärts!
Umfangend umfangen!
Aufwärts an deinen Busen,
Allliebender Vater!

Prometheus

Bedecke deinen Himmel, Zeus,
Mit Wolkendunst,
Und übe, dem Knaben gleich,
Der Disteln köpft,
An Eichen dich und Bergeshöhn;
Musst mir meine Erde
Doch lassen stehn,
Und meine Hütte, die du nicht gebaut,
Und meinen Herd,
Um dessen Glut
Du mich beneidest.

Ich kenne nichts Ärmeres
Unter der Sonn, als euch, Götter!
Ihr nähret kümmerlich
Von Opfersteuern
Und Gebetshauch
Eure Majestät,
Und darbtet, wären
Nicht Kinder und Bettler
Hoffnungsvolle Toren.

Da ich ein Kind war,
Nicht wusste wo aus noch ein,
Kehrt' ich mein verirrtes Auge
Zur Sonne, als wenn drüber wär
Ein Ohr, zu hören meine Klage,
Ein Herz, wie meins,
Sich des Bedrängten zu erbarmen.

Wer half mir
Wider der Titanen Übermut?
Wer rettete vom Tode mich,
Von Sklaverei?
Hast du nicht alles selbst vollendet,
Heilig glühend Herz?
Und glühtest jung und gut,
Betrogen, Rettungsdank
Dem Schlafenden da droben?

Ich dich ehren? Wofür?
Hast du die Schmerzen gelindert
Je des Beladenen?
Hast du die Tränen gestillet
Je des Geängsteten?
Hat nicht mich zum Manne geschmiedet
Die allmächtige Zeit
Und das ewige Schicksal,
Meine Herrn und deine?

Wähntest du etwa,
Ich sollte das Leben hassen,
In Wüsten fliehen,
Weil nicht alle
Blütenträume reiften?

Hier sitz ich, forme Menschen
Nach meinem Bilde,
Ein Geschlecht, das mir gleich sei,
Zu leiden, zu weinen,
Zu genießen und zu freuen sich,
Und dein nicht zu achten,
Wie ich!

An Schwager Kronos

Spude dich, Kronos!
Fort den rasselnden Trott!
Bergab gleitet der Weg;
Ekles Schwindeln zögert
Mir vor die Stirne dein Zaudern.
Frisch, holpert es gleich,
Über Stock und Steine den Trott
Rasch ins Leben hinein!

Nun schon wieder
Den eratmenden Schritt
Mühsam Berg hinauf!
Auf denn, nicht träge denn,
Strebend und hoffend hinan!

Weit, hoch, herrlich der Blick
Rings ins Leben hinein,
Vom Gebirg zum Gebirg
Schwebet der ewige Geist,
Ewigen Lebens ahndevoll.

Seitwärts des Überdachs Schatten
Zieht dich an,
Und ein Frischung verheißender Blick
Auf der Schwelle des Mädchens da.
Labe dich! – Mir auch, Mädchen,
Diesen schäumenden Trank,
Diesen frischen Gesundheitsblick!

Ab denn, rascher hinab!
Sieh, die Sonne sinkt!

Eh' sie sinkt, eh' mich Greisen
Ergreift im Moore Nebelduft,
Entzahnte Kiefer schnattern
Und das schlotternde Gebein.

Trunknen vom letzten Strahl
Reiß mich, ein Feuermeer
Mir im schäumenden Aug,
Mich geblendeten Taumelnden
In der Hölle nächtliches Tor.

Töne, Schwager, ins Horn,
Rassle den schallenden Trab,
Dass der Orkus vernehme: wir kommen,
Dass gleich an der Türe
Der Wirt uns freundlich empfange.

Auf dem See

Und frische Nahrung, neues Blut
Saug ich aus freier Welt;
Wie ist Natur so hold und gut,
Die mich am Busen hält!
Die Welle wieget unsern Kahn
Im Rudertakt hinauf,
Und Berge, wolkig himmelan,
Begegnen unserm Lauf.

Aug, mein Aug, was sinkst du nieder?
Goldne Träume, kommt ihr wieder?
Weg, du Traum! so Gold du bist;
Hier auch Lieb und Leben ist.

Auf der Welle blinken
Tausend schwebende Sterne,
Weiche Nebel trinken
Rings die türmende Ferne;
Morgenwind umflügelt
Die beschattete Bucht,
Und im See bespiegelt
Sich die reifende Frucht.

Herbstgefühl

Fetter grüne, du Laub,
Am Rebengeländer
Hier mein Fenster herauf!
Gedrängter quellet,
Zwillingsbeeren, und reifet
Schneller und glänzend voller!
Euch brütet der Mutter Sonne
Scheideblick; euch umsäuselt
Des holden Himmels
Fruchtende Fülle;
Euch kühlet des Mondes
Freundlicher Zauberhauch,
Und euch betauen, ach!
Aus diesen Augen
Der ewig belebenden Liebe
Vollschwellende Tränen.

Seefahrt

Lange Tag' und Nächte stand mein Schiff befrachtet;
Günstger Winde harrend, saß mit treuen Freunden,
Mir Geduld und guten Mut erzechend,
Ich im Hafen.

Und sie waren doppelt ungeduldig:
Gerne gönnen wir die schnellste Reise,
Gern die hohe Fahrt dir; Güterfülle
Wartet drüben in den Welten deiner,
Wird Rückkehrendem in unsern Armen
Lieb und Preis dir.

Und am frühen Morgen ward's Getümmel,
Und dem Schlaf entjauchzt uns der Matrose,
Alles wimmelt, alles lebet, webet,
Mit dem ersten Segenshauch zu schiffen.

Und die Segel blühen in dem Hauche,
Und die Sonne lockt mit Feuerliebe;
Ziehn die Segel, ziehn die hohen Wolken,
Jauchzen an dem Ufer alle Freunde
Hoffnungslieder nach, im Freudetaumel
Reisefreuden wähnend, wie des Einschiffmorgens,
Wie der ersten hohen Sternennächte.

Aber gottgesandte Wechselwinde treiben
Seitwärts ihn der vorgesteckten Fahrt ab,
Und er scheint sich ihnen hinzugeben,
Strebet leise sie zu überlisten,
Treu dem Zweck auch auf dem schiefen Wege.

Aber aus der dumpfen grauen Ferne
Kündet leisewandelnd sich der Sturm an,
Drückt die Vögel nieder aufs Gewässer,
Drückt der Menschen schwellend Herz darnieder,
Und er kommt. Vor seinem starren Wüten
Streckt der Schiffer klug die Segel nieder,
Mit dem angsterfüllten Balle spielen
Wind und Wellen.

Und an jenem Ufer drüben stehen
Freund' und Lieben, beben auf dem Festen:
Ach, warum ist er nicht hier geblieben!
Ach, der Sturm! Verschlagen weg vom Glücke!
Soll der Gute so zu Grunde gehen?
Ach, er sollte, ach, er könnte! Götter!

Doch er stehet männlich an dem Steuer;
Mit dem Schiffe spielen Wind und Wellen;
Wind und Wellen nicht mit seinem Herzen:
Herrschend blickt er auf die grimme Tiefe,
Und vertrauet, scheiternd oder landend,
Seinen Göttern.

Warum gabst du uns die tiefen Blicke,
Unsre Zukunft ahnungsvoll zu schaun,
Unsrer Liebe, unserm Erdenglücke
Wähnend selig nimmer hinzutraun?
Warum gabst uns, Schicksal, die Gefühle,
Uns einander in das Herz zu sehn,
Um durch all die seltenen Gewühle
Unser wahr Verhältnis auszuspähn?

Ach, so viele tausend Menschen kennen,
Dumpf sich treibend, kaum ihr eigen Herz,
Schweben zwecklos hin und her und rennen
Hoffnungslos in unversehnen Schmerz;
Jauchzen wieder, wenn der schnellen Freuden
Unerwart'te Morgenröte tagt;
Nur uns armen liebevollen Beiden
Ist das wechselseitge Glück versagt,
Uns zu lieben, ohn uns zu verstehen,
In dem andern sehn was er nie war,
Immer frisch auf Traumglück auszugehen
Und zu schwanken auch in Traumgefahr.

Glücklich, den ein leerer Traum beschäftigt,
Glücklich, dem die Ahnung eitel wär!
Jede Gegenwart und jeder Blick bekräftigt
Traum und Ahnung leider uns noch mehr.
Sag, was will das Schicksal uns bereiten?
Sag, wie band es uns so rein genau?
Ach, du warst in abgelebten Zeiten
Meine Schwester oder meine Frau.
Kanntest jeden Zug in meinem Wesen,
Spähtest wie die reinste Nerve klingt,
Konntest mich mit Einem Blicke lesen,
Den so schwer ein sterblich Aug durchdringt;

Tropftest Mäßigung dem heißen Blute,
Richtetest den wilden irren Lauf,
Und in deinen Engelsarmen ruhte
Die zerstörte Brust sich wieder auf;
Hieltest zauberleicht ihn angebunden
Und vergaukeltest ihm manchen Tag.
Welche Seligkeit glich jenen Wonnestunden,
Da er dankbar dir zu Füßen lag,
Fühlt' sein Herz an deinem Herzen schwellen,
Fühlte sich in deinem Auge gut,
Alle seine Sinnen sich erhellen
Und beruhigen sein brausend Blut!

Und von allem dem schwebt ein Erinnern
Nur noch um das ungewisse Herz,
Fühlt die alte Wahrheit ewig gleich im Innern,
Und der neue Zustand wird ihm Schmerz.
Und wir scheinen uns nur halb beseelet,
Dämmernd ist um uns der hellste Tag.
Glücklich, dass das Schicksal das uns quälet
Uns doch nicht verändern mag!

Alles gaben Götter, die unendlichen,
Ihren Lieblingen ganz,
Alle Freuden, die unendlichen,
Alle Schmerzen, die unendlichen, ganz.

Harzreise im Winter

Dem Geier gleich,
Der auf schweren Morgenwolken
Mit sanftem Fittig ruhend
Nach Beute schaut,
Schwebe mein Lied.

Denn ein Gott hat
Jedem seine Bahn
Vorgezeichnet,
Die der Glückliche
Rasch zum freudigen
Ziele rennt:
Wem aber Unglück
Das Herz zusammenzog,
Er sträubt vergebens
Sich gegen die Schranken
Des ehernen Fadens,
Den die doch bittre Schere
Nur einmal lös't.

In Dickichts-Schauer
Drängt sich das raue Wild,
Und mit den Sperlingen
Haben längst die Reichen
In ihre Sümpfe sich gesenkt.

Leicht ist's folgen dem Wagen,
Den Fortuna führt,
Wie der gemächliche Tross
Auf gebesserten Wegen
Hinter des Fürsten Einzug.

Aber abseits wer ist's?
Ins Gebüsch verliert sich sein Pfad,
Hinter ihm schlagen
Die Sträuche zusammen,
Das Gras steht wieder auf,
Die Öde verschlingt ihn.

Ach, wer heilet die Schmerzen
Des, dem Balsam zu Gift ward?
Der sich Menschenhass
Aus der Fülle der Liebe trank?
Erst verachtet, nun ein Verächter,
Zehrt er heimlich auf
Seinen eignen Wert
In ungnügender Selbstsucht.

Ist auf deinem Psalter,
Vater der Liebe, ein Ton
Seinem Ohre vernehmlich,
So erquicke sein Herz!
Öffne den umwölkten Blick
Über die tausend Quellen
Neben dem Durstenden
In der Wüste.

Der du der Freuden viel schaffst,
Jedem ein überfließend Maß,
Segne die Brüder der Jagd
Auf der Fährte des Wilds
Mit jugendlichem Übermut
Fröhlicher Mordsucht,
Späte Rächer des Unbills,
Dem schon Jahre vergeblich
Wehrt mit Knütteln der Bauer.

Aber den Einsamen hüll
In deine Goldwolken!
Umgib mit Wintergrün,
Bis die Rose wieder heranreift,
Die feuchten Haare,
O Liebe, deines Dichters!

Mit der dämmernden Fackel
Leuchtest du ihm
Durch die Furten bei Nacht,
Über grundlose Wege
Auf öden Gefilden;
Mit dem tausendfarbigen Morgen
Lachst du ins Herz ihm;
Mit dem beizenden Sturm
Trägst du ihn hoch empor;
Winterströme stürzen vom Felsen
In seine Psalmen,
Und Altar des lieblichsten Danks
Wird ihm des gefürchteten Gipfels
Schneebehangner Scheitel,
Den mit Geisterreihen
Kränzten ahnende Völker.

Du stehst mit unerforschtem Busen
Geheimnisvoll offenbar
Über der erstaunten Welt,
Und schaust aus Wolken
Auf ihre Reiche und Herrlichkeit,
Die du aus den Adern deiner Brüder
Neben dir wässerst.

An den Mond

Füllest wieder Busch und Tal
Still mit Nebelglanz,
Lösest endlich auch einmal
Meine Seele ganz;

Breitest über mein Gefild
Lindernd deinen Blick,
Wie des Freundes Auge mild
Über mein Geschick.

Jeden Nachklang fühlt mein Herz
Froh- und trüber Zeit,
Wandle zwischen Freud und Schmerz
In der Einsamkeit.

Fließe, fließe, lieber Fluss!
Nimmer werd ich froh,
So verrauschte Scherz und Kuss,
Und die Treue so.

Ich besaß es doch einmal,
Was so köstlich ist!
Dass man doch zu seiner Qual
Nimmer es vergisst!

Rausche, Fluss, das Tal entlang,
Ohne Rast und Ruh,
Rausche, flüstre meinem Sang
Melodien zu,

Wenn du in der Winternacht
Wütend überschwillst,
Oder um die Frühlingspracht
Junger Knospen quillst.

Selig, wer sich vor der Welt
Ohne Hass verschließt,
Einen Freund am Busen hält
Und mit dem genießt,

Was, von Menschen nicht gewusst
Oder nicht bedacht,
Durch das Labyrinth der Brust
Wandelt in der Nacht.

Der Fischer

Das Wasser rauscht', das Wasser schwoll,
Ein Fischer saß daran,
Sah nach dem Angel ruhevoll,
Kühl bis ans Herz hinan.
Und wie er sitzt und wie er lauscht,
Teilt sich die Flut empor;
Aus dem bewegten Wasser rauscht
Ein feuchtes Weib hervor.

Sie sang zu ihm, sie sprach zu ihm:
Was lockst du meine Brut
Mit Menschenwitz und Menschenlist
Hinauf in Todesglut?
Ach wüsstest du, wie's Fischlein ist
So wohlig auf dem Grund,
Du stiegst herunter wie du bist,
Und würdest erst gesund.

Labt sich die liebe Sonne nicht,
Der Mond sich nicht im Meer?
Kehrt wellenatmend ihr Gesicht
Nicht doppelt schöner her?
Lockt dich der tiefe Himmel nicht,
Das feuchtverklärte Blau?
Lockt dich dein eigen Angesicht
Nicht her in ewgen Tau?

Das Wasser rauscht', das Wasser schwoll,
Netzt' ihm den nackten Fuß;
Sein Herz wuchs ihm so sehnsuchtsvoll,
Wie bei der Liebsten Gruß.

Sie sprach zu ihm, sie sang zu ihm;
Da war's um ihn geschehn:
Halb zog sie ihn, halb sank er hin,
Und ward nicht mehr gesehn.

Gesang der Geister
über den Wassern

Des Menschen Seele
Gleicht dem Wasser:
Vom Himmel kommt es,
Zum Himmel steigt es,
Und wieder nieder
Zur Erde muss es,
Ewig wechselnd.

Strömt von der hohen
Steilen Felswand
Der reine Strahl,
Dann stäubt er lieblich
In Wolkenwellen
Zum glatten Fels,
Und leicht empfangen,
Wallt er verschleiernd,
Leisrauschend,
Zur Tiefe nieder.

Ragen Klippen
Dem Sturz entgegen,
Schäumt er unmutig
Stufenweise
Zum Abgrund.

Im flachen Bette
Schleicht er das Wiesental hin,
Und in dem glatten See
Weiden ihr Antlitz
Alle Gestirne.

Wind ist der Welle
Lieblicher Buhler;
Wind mischt vom Grund aus
Schäumende Wogen.

Seele des Menschen,
Wie gleichst du dem Wasser!
Schicksal des Menschen,
Wie gleichst du dem Wind!

Wandrers Nachtlied

Der du von dem Himmel bist,
Alles Leid und Schmerzen stillest,
Den, der doppelt elend ist,
Doppelt mit Erquickung füllest,
Ach ich bin des Treibens müde!
Was soll all der Schmerz und Lust?
Süßer Friede,
Komm, ach komm in meine Brust!

Ein gleiches

Über allen Gipfeln
Ist Ruh,
In allen Wipfeln
Spürest du
Kaum einen Hauch;
Die Vögelein schweigen im Walde.
Warte nur, balde
Ruhest du auch.

Grenzen der Menschheit

Wenn der uralte
Heilige Vater
Mit gelassener Hand
Aus rollenden Wolken
Segnende Blitze
Über die Erde sät,
Küss ich den letzten
Saum seines Kleides,
Kindliche Schauer
Treu in der Brust.

Denn mit Göttern
Soll sich nicht messen
Irgendein Mensch.
Hebt er sich aufwärts,
Und berührt
Mit dem Scheitel die Sterne,
Nirgends haften dann
Die unsichern Sohlen,
Und mit ihm spielen
Wolken und Winde.

Steht er mit festen
Markigen Knochen
Auf der wohlgegründeten
Dauernden Erde;
Reicht er nicht auf,
Nur mit der Eiche
Oder der Rebe
Sich zu vergleichen.

Was unterscheidet
Götter von Menschen?
Dass viele Wellen
Vor jenen wandeln,
Ein ewiger Strom:
Uns hebt die Welle,
Verschlingt die Welle,
Und wir versinken.

Ein kleiner Ring
Begrenzt unser Leben,
Und viele Geschlechter
Reihen sich dauernd
An ihres Daseins
Unendliche Kette.

Erlkönig

Wer reitet so spät durch Nacht und Wind?
Es ist der Vater mit seinem Kind;
Er hat den Knaben wohl in dem Arm,
Er fasst ihn sicher, er hält ihn warm.

Mein Sohn, was birgst du so bang dein Gesicht? –
Siehst, Vater, du den Erlkönig nicht?
Den Erlenkönig mit Kron und Schweif? –
Mein Sohn, es ist ein Nebelstreif. –

»Du liebes Kind, komm, geh mit mir!
Gar schöne Spiele spiel ich mit dir;
Manch bunte Blumen sind an dem Strand;
Meine Mutter hat manch gülden Gewand.«

Mein Vater, mein Vater, und hörest du nicht,
Was Erlenkönig mir leise verspricht? –
Sei ruhig, bleibe ruhig, mein Kind;
In dürren Blättern säuselt der Wind. –

»Willst, feiner Knabe, du mit mir gehn?
Meine Töchter sollen dich warten schön;
Meine Töchter führen den nächtlichen Reihn,
Und wiegen und tanzen und singen dich ein.«

Mein Vater, mein Vater, und siehst du nicht dort
Erlkönigs Töchter am düstern Ort? –
Mein Sohn, mein Sohn, ich seh es genau;
Es scheinen die alten Weiden so grau. –

»Ich liebe dich, mich reizt deine schöne Gestalt;
Und bist du nicht willig, so brauch ich Gewalt.«
Mein Vater, mein Vater, jetzt fasst er mich an!
Erlkönig hat mir ein Leids getan! –

Dem Vater grauset's, er reitet geschwind,
Er hält in Armen das ächzende Kind,
Erreicht den Hof mit Mühe und Not;
In seinen Armen das Kind war tot.

Das Göttliche

Edel sei der Mensch,
Hülfreich und gut!
Denn das allein
Unterscheidet ihn
Von allen Wesen,
Die wir kennen.

Heil den unbekannten
Höhern Wesen,
Die wir ahnen!
Ihnen gleiche der Mensch;
Sein Beispiel lehr uns
Jene glauben.

Denn unfühlend
Ist die Natur:
Es leuchtet die Sonne
Über Bös' und Gute,
Und dem Verbrecher
Glänzen, wie dem Besten,
Der Mond und die Sterne.

Wind und Ströme,
Donner und Hagel
Rauschen ihren Weg,
Und ergreifen,
Vorüber eilend,
Einen um den andern.

Auch so das Glück
Tappt unter die Menge,

Fasst bald des Knaben
Lockige Unschuld,
Bald auch den kahlen
Schuldigen Scheitel.

Nach ewigen, ehrnen,
Großen Gesetzen
Müssen wir alle
Unseres Daseins
Kreise vollenden.

Nur allein der Mensch
Vermag das Unmögliche:
Er unterscheidet,
Wählet und richtet;
Er kann dem Augenblick
Dauer verleihen.

Er allein darf
Den Guten lohnen,
Den Bösen strafen,
Heilen und retten,
Alles Irrende, Schweifende
Nützlich verbinden.

Und wir verehren
Die Unsterblichen,
Als wären sie Menschen,
Täten im Großen,
Was der Beste im Kleinen
Tut oder möchte.

Der edle Mensch
Sei hülfreich und gut!

Unermüdet schaff er
Das Nützliche, Rechte,
Sei uns ein Vorbild
Jener geahneten Wesen!

Kennst du das Land, wo die Zitronen blühn,
Im dunkeln Laub die Gold-Orangen glühn,
Ein sanfter Wind vom blauen Himmel weht,
Die Myrte still und hoch der Lorbeer steht,
Kennst du es wohl?
Dahin! Dahin
Möcht ich mit dir, o mein Geliebter, ziehn.

Kennst du das Haus? Auf Säulen ruht sein Dach,
Es glänzt der Saal, es schimmert das Gemach,
Und Marmorbilder stehn und sehn mich an:
Was hat man dir, du armes Kind, getan?
Kennst du es wohl?
Dahin! Dahin
Möcht ich mit dir, o mein Beschützer, ziehn.

Kennst du den Berg und seinen Wolkensteg?
Das Maultier sucht im Nebel seinen Weg;
In Höhlen wohnt der Drachen alte Brut;
Es stürzt der Fels und über ihn die Flut,
Kennst du ihn wohl?
Dahin! Dahin
Geht unser Weg! o Vater, lass uns ziehn!

Elegien

I

Saget, Steine, mir an, o sprecht, ihr hohen Paläste!
Straßen, redet ein Wort! Genius, regst du dich nicht?
Ja, es ist alles beseelt in deinen heiligen Mauern,
Ewige Roma; nur mir schweiget noch alles so still.
O wer flüstert mir zu, an welchem Fenster erblick ich
Einst das holde Geschöpf, das mich versengend erquickt?
Ahn ich die Wege noch nicht, durch die ich immer
und immer,
Zu ihr und von ihr zu gehn, opfre die köstliche Zeit?
Noch betracht ich Kirch und Palast, Ruinen und Säulen,
Wie ein bedächtiger Mann schicklich die Reise benutzt.
Doch bald ist es vorbei; dann wird ein einziger Tempel,
Amors Tempel, nur sein, der den Geweihten empfängt.
Eine Welt zwar bist du, o Rom; doch ohne die Liebe
Wäre die Welt nicht die Welt, wäre denn Rom
auch nicht Rom.

V

Froh empfind ich mich nun auf klassischem Boden
begeistert;
Vor- und Mitwelt spricht lauter und reizender mir.
Hier befolg ich den Rat, durchblättre die Werke der Alten
Mit geschäftiger Hand, täglich mit neuem Genuss.
Aber die Nächte hindurch hält Amor mich anders
beschäftigt;
Werd ich auch halb nur gelehrt, bin ich doch doppelt
beglückt.

Und belehr ich mich nicht, indem ich des lieblichen Busens
Formen spähe, die Hand leite die Hüften hinab?
Dann versteh ich den Marmor erst recht; ich denk und vergleiche,
Sehe mit fühlendem Aug, fühle mit sehender Hand.
Raubt die Liebste denn gleich mir einige Stunden des Tages,
Gibt sie Stunden der Nacht mir zur Entschädigung hin.
Wird doch nicht immer geküsst, es wird vernünftig gesprochen;
Überfällt sie der Schlaf, lieg ich und denke mir viel.
Oftmals hab ich auch schon in ihren Armen gedichtet,
Und des Hexameters Maß leise mit fingernder Hand
Ihr auf dem Rücken gezählt. Sie atmet in lieblichem Schlummer,
Und es durchglühet ihr Hauch mir bis ins Tiefste die Brust.
Amor schüret die Lamp indes und denket der Zeiten,
Da er den nämlichen Dienst seinen Triumvirn getan.

VII

O wie fühl ich in Rom mich so froh! gedenk ich der Zeiten,
Da mich ein graulicher Tag hinten im Norden umfing,
Trübe der Himmel und schwer auf meine Scheitel sich senkte,
Farb- und gestaltlos die Welt um den ermatteten lag,
Und ich über mein Ich, des unbefriedigten Geistes
Düstre Wege zu spähn, still in Betrachtung versank.
Nun umleuchtet der Glanz des helleren Äthers die Stirne;
Phöbus rufet, der Gott, Formen und Farben hervor.
Sternhell glänzet die Nacht, sie klingt von weichen Gesängen,
Und mir leuchtet der Mond heller als nordischer Tag.
Welche Seligkeit ward mir Sterblichem! Träum ich? Empfänget
Dein ambrosisches Haus, Jupiter Vater, den Gast?

Ach! hier lieg ich, und strecke nach deinen Knieen die Hände
Flehend aus. O vernimm, Jupiter Xenius, mich!
Wie ich hereingekommen, ich kann's nicht sagen; es fasste
Hebe den Wandrer, und zog mich in die Hallen heran.
Hast du ihr einen Heroen herauf zu führen geboten?
Irrte die Schöne? Vergib! Lass mir des Irrtums Gewinn!
Deine Tochter Fortuna sie auch! Die herrlichsten Gaben
Teilt als ein Mädchen sie aus, wie es die Laune gebeut.
Bist du der wirtliche Gott? O dann so verstoße den Gastfreund
Nicht von deinem Olymp wieder zur Erde hinab!
»Dichter! wohin versteigest du dich?« – Vergib mir; der hohe
Kapitolinische Berg ist dir ein zweiter Olymp.
Dulde mich, Jupiter, hier, und Hermes führe mich später,
Cestius' Mal vorbei, leise zum Orkus hinab.

Diese Gondel vergleich ich der sanft einschaukelnden Wiege,
Und das Kästchen darauf scheint ein geräumiger Sarg.
Recht so! Zwischen der Wieg und dem Sarg wir schwanken und schweben
Auf dem großen Kanal sorglos durchs Leben dahin.

Singet nicht in Trauertönen
Von der Einsamkeit der Nacht;
Nein, sie ist, o holde Schönen,
Zur Geselligkeit gemacht.

Wie das Weib dem Mann gegeben
Als die schönste Hälfte war,
Ist die Nacht das halbe Leben,
Und die schönste Hälfte zwar.

Könnt ihr euch des Tages freuen,
Der nur Freuden unterbricht?
Er ist gut, sich zu zerstreuen;
Zu was anderm taugt er nicht.

Aber wenn in nächtger Stunde
Süßer Lampe Dämmrung fließt,
Und vom Mund zum nahen Munde
Scherz und Liebe sich ergießt;

Wenn der rasche lose Knabe,
Der sonst wild und feurig eilt,
Oft bei einer kleinen Gabe
Unter leichten Spielen weilt;

Wenn die Nachtigall Verliebten
Liebevoll ein Liedchen singt,
Das Gefangnen und Betrübten
Nur wie Ach und Wehe klingt:

Mit wie leichtem Herzensregen
Horchet ihr der Glocke nicht,
Die mit zwölf bedächtgen Schlägen
Ruh und Sicherheit verspricht!

Darum an dem langen Tage
Merke dir es, liebe Brust:
Jeder Tag hat seine Plage
Und die Nacht hat ihre Lust.

Nähe des Geliebten

Ich denke dein, wenn mir der Sonne Schimmer
Vom Meere strahlt;
Ich denke dein, wenn sich des Mondes Flimmer
In Quellen malt.

Ich sehe dich, wenn auf dem fernen Wege
Der Staub sich hebt;
In tiefer Nacht, wenn auf dem schmalen Stege
Der Wandrer bebt.

Ich höre dich, wenn dort mit dumpfem Rauschen
Die Welle steigt.
Im stillen Haine geh ich oft zu lauschen,
Wenn alles schweigt.

Ich bin bei dir, du seist auch noch so ferne,
Du bist mir nah!
Die Sonne sinkt, bald leuchten mir die Sterne.
O wärst du da!

Der Schatzgräber

Arm am Beutel, krank am Herzen,
Schleppt' ich meine langen Tage.
Armut ist die größte Plage,
Reichtum ist das höchste Gut!
Und, zu enden meine Schmerzen,
Ging ich einen Schatz zu graben.
Meine Seele sollst du haben!
Schrieb ich hin mit eignem Blut.

Und so zog ich Kreis' um Kreise,
Stellte wunderbare Flammen,
Kraut und Knochenwerk zusammen:
Die Beschwörung war vollbracht.
Und auf die gelernte Weise
Grub ich nach dem alten Schatze
Auf dem angezeigten Platze:
Schwarz und stürmisch war die Nacht.

Und ich sah ein Licht von weiten,
Und es kam gleich einem Sterne
Hinten aus der fernsten Ferne,
Eben als es zwölfe schlug.
Und da galt kein Vorbereiten.
Heller ward's mit einem Male
Von dem Glanz der vollen Schale,
Die ein schöner Knabe trug.

Holde Augen sah ich blinken
Unter dichtem Blumenkranze;
In des Trankes Himmelsglanze
Trat er in den Kreis herein.

Und er hieß mich freundlich trinken;
Und ich dacht: es kann der Knabe
Mit der schönen lichten Gabe
Wahrlich nicht der Böse sein.

Trinke Mut des reinen Lebens!
Dann verstehst du die Belehrung,
Kommst, mit ängstlicher Beschwörung,
Nicht zurück an diesen Ort.
Grabe hier nicht mehr vergebens.
Tages Arbeit! Abends Gäste!
Saure Wochen! Frohe Feste!
Sei dein künftig Zauberwort.

Der Gott und die Bajadere

Indische Legende

Mahadöh, der Herr der Erde,
Kommt herab zum sechsten Mal,
Dass er Unsersgleichen werde,
Mit zu fühlen Freud und Qual.
Er bequemt sich hier zu wohnen,
Lässt sich alles selbst geschehn.
Soll er strafen oder schonen,
Muss er Menschen menschlich sehn.
Und hat er die Stadt sich als Wandrer betrachtet,
Die Großen belauert, auf Kleine geachtet,
Verlässt er sie abends, um weiterzugehn.

Als er nun hinausgegangen,
Wo die letzten Häuser sind,
Sieht er, mit gemalten Wangen
Ein verlornes schönes Kind.
Grüß dich, Jungfrau! – Dank der Ehre!
Wart, ich komme gleich hinaus –
Und wer bist du? – Bajadere,
Und dies ist der Liebe Haus.
Sie rührt sich die Cymbeln zum Tanze zu schlagen;
Sie weiß sich so lieblich im Kreise zu tragen,
Sie neigt sich und biegt sich, und reicht ihm den Strauß.

Schmeichelnd zieht sie ihn zur Schwelle,
Lebhaft ihn ins Haus hinein.
Schöner Fremdling, lampenhelle
Soll sogleich die Hütte sein.
Bist du müd, ich will dich laben,
Lindern deiner Füße Schmerz.

Was du willst, das sollst du haben,
Ruhe, Freuden oder Scherz.
Sie lindert geschäftig geheuchelte Leiden.
Der Göttliche lächelt; er siehet mit Freuden
Durch tiefes Verderben ein menschliches Herz.

Und er fordert Sklavendienste;
Immer heitrer wird sie nur,
Und des Mädchens frühe Künste
Werden nach und nach Natur.
Und so stellet auf die Blüte
Bald und bald die Frucht sich ein;
Ist Gehorsam im Gemüte,
Wird nicht fern die Liebe sein.
Aber, sie schärfer und schärfer zu prüfen,
Wählet der Kenner der Höhen und Tiefen
Lust und Entsetzen und grimmige Pein.

Und er küsst die bunten Wangen,
Und sie fühlt der Liebe Qual,
Und das Mädchen steht gefangen,
Und sie weint zum ersten Mal;
Sinkt zu seinen Füßen nieder,
Nicht um Wollust noch Gewinst,
Ach! und die gelenken Glieder
Sie versagen allen Dienst.
Und so zu des Lagers vergnüglicher Feier
Bereiten den dunklen behaglichen Schleier
Die nächtlichen Stunden das schöne Gespinst.

Spät entschlummert unter Scherzen,
Früh erwacht nach kurzer Rast,
Findet sie an ihrem Herzen
Tot den vielgeliebten Gast.

Schreiend stürzt sie auf ihn nieder;
Aber nicht erweckt sie ihn,
Und man trägt die starren Glieder
Bald zur Flammengrube hin.
Sie höret die Priester, die Totengesänge,
Sie raset und rennet und teilet die Menge.
Wer bist du? was drängt zu der Grube dich hin?

Bei der Bahre stürzt sie nieder,
Ihr Geschrei durchdringt die Luft:
Meinen Gatten will ich wieder!
Und ich such ihn in der Gruft.
Soll zu Asche mir zerfallen
Dieser Glieder Götterpracht?
Mein! er war es, mein vor allen!
Ach, nur Eine süße Nacht!
Es singen die Priester: Wir tragen die Alten,
Nach langem Ermatten und spätem Erkalten,
Wir tragen die Jugend, noch eh' sie's gedacht.

Höre deiner Priester Lehre:
Dieser war dein Gatte nicht.
Lebst du doch als Bajadere,
Und so hast du keine Pflicht.
Nur dem Körper folgt der Schatten
In das stille Totenreich;
Nur die Gattin folgt dem Gatten:
Das ist Pflicht und Ruhm zugleich.
Ertöne, Drommete, zu heiliger Klage!
O nehmet, ihr Götter! die Zierde der Tage,
O nehmet den Jüngling in Flammen zu euch!

So das Chor, das ohn Erbarmen
Mehret ihres Herzens Not;

Und mit ausgestreckten Armen
Springt sie in den heißen Tod.
Doch der Götter-Jüngling hebet
Aus der Flamme sich empor,
Und in seinen Armen schwebet
Die Geliebte mit hervor.
Es freut sich die Gottheit der reuigen Sünder;
Unsterbliche heben verlorene Kinder
Mit feurigen Armen zum Himmel empor.

Der Zauberlehrling

Hat der alte Hexenmeister
Sich doch einmal wegbegeben!
Und nun sollen seine Geister
Auch nach meinem Willen leben.
Seine Wort' und Werke
Merkt' ich, und den Brauch,
Und mit Geistesstärke
Tu ich Wunder auch.

Walle! walle
Manche Strecke,
Dass, zum Zwecke,
Wasser fließe,
Und mit reichem vollem Schwalle
Zu dem Bade sich ergieße.

Und nun komm, du alter Besen!
Nimm die schlechten Lumpenhüllen;
Bist schon lange Knecht gewesen;
Nun erfülle meinen Willen!
Auf zwei Beinen stehe,
Oben sei ein Kopf,
Eile nun und gehe
Mit dem Wassertopf!

Walle! walle
Manche Strecke,
Dass, zum Zwecke,
Wasser fließe,
Und mit reichem vollem Schwalle
Zu dem Bade sich ergieße.

Seht, er läuft zum Ufer nieder;
Wahrlich! ist schon an dem Flusse,
Und mit Blitzesschnelle wieder
Ist er hier mit raschem Gusse.
Schon zum zweiten Male!
Wie das Becken schwillt!
Wie sich jede Schale
Voll mit Wasser füllt!

Stehe! stehe!
Denn wir haben
Deiner Gaben
Vollgemessen! –
Ach, ich merk es! Wehe! wehe!
Hab ich doch das Wort vergessen!

Ach das Wort, worauf am Ende
Er das wird, was er gewesen.
Ach, er läuft und bringt behände!
Wärst du doch der alte Besen!
Immer neue Güsse
Bringt er schnell herein,
Ach! und hundert Flüsse
Stürzen auf mich ein.

Nein, nicht länger
Kann ich's lassen;
Will ihn fassen.
Das ist Tücke!
Ach! nun wird mir immer bänger!
Welche Miene! welche Blicke!

O, du Ausgeburt der Hölle!
Soll das ganze Haus ersaufen?
Seh ich über jede Schwelle
Doch schon Wasserströme laufen.
Ein verruchter Besen,
Der nicht hören will!
Stock, der du gewesen,
Steh doch wieder still!

Willst's am Ende
Gar nicht lassen?
Will dich fassen,
Will dich halten,
Und das alte Holz behände
Mit dem scharfen Beile spalten.

Seht, da kommt er schleppend wieder!
Wie ich mich nur auf dich werfe,
Gleich, o Kobold, liegst du nieder;
Krachend trifft die glatte Schärfe.
Wahrlich! brav getroffen!
Seht, er ist entzwei!
Und nun kann ich hoffen,
Und ich atme frei!

Wehe! wehe!
Beide Teile
Stehn in Eile
Schon als Knechte
Völlig fertig in die Höhe!
Helft mir, ach! ihr hohen Mächte!

Und sie laufen! Nass und nässer
Wird's im Saal und auf den Stufen.
Welch entsetzliches Gewässer!
Herr und Meister! hör mich rufen! –
Ach, da kommt der Meister!
Herr, die Not ist groß!
Die ich rief, die Geister,
Werd ich nun nicht los.

»In die Ecke,
Besen! Besen!
Seid's gewesen.
Denn als Geister
Ruft euch nur, zu seinem Zwecke,
Erst hervor der alte Meister.«

Natur und Kunst sie scheinen sich zu fliehen,
Und haben sich, eh' man es denkt, gefunden;
Der Widerwille ist auch mir verschwunden,
Und beide scheinen gleich mich anzuziehen.

Es gilt wohl nur ein redliches Bemühen!
Und wenn wir erst in abgemessnen Stunden
Mit Geist und Fleiß uns an die Kunst gebunden,
Mag frei Natur im Herzen wieder glühen.

So ist's mit aller Bildung auch beschaffen:
Vergebens werden ungebundne Geister
Nach der Vollendung reiner Höhe streben.

Wer Großes will muss sich zusammenraffen;
In der Beschränkung zeigt sich erst der Meister,
Und das Gesetz nur kann uns Freiheit geben.

Hegire

Nord und West und Süd zersplittern,
Throne bersten, Reiche zittern,
Flüchte du, im reinen Osten
Patriarchenluft zu kosten,
Unter Lieben, Trinken, Singen
Soll dich Chisers Quell verjüngen.

Dort im Reinen und im Rechten
Will ich menschlichen Geschlechten
In des Ursprungs Tiefe dringen,
Wo sie noch von Gott empfingen
Himmelslehr in Erdesprachen,
Und sich nicht den Kopf zerbrachen.

Wo sie Väter hoch verehrten,
Jeden fremden Dienst verwehrten;
Will mich freun der Jugendschranke:
Glaube weit, eng der Gedanke,
Wie das Wort so wichtig dort war,
Weil es ein gesprochen Wort war.

Will mich unter Hirten mischen,
An Oasen mich erfrischen,
Wenn mit Karavanen wandle,
Schal, Kaffee und Moschus handle;
Jeden Pfad will ich betreten
Von der Wüste zu den Städten.

Bösen Felsweg auf und nieder
Trösten, Hafis, deine Lieder,

Wenn der Führer mit Entzücken
Von des Maultiers hohem Rücken
Singt, die Sterne zu erwecken
Und die Räuber zu erschrecken.

Will in Bädern und in Schenken,
Heilger Hafis, dein gedenken;
Wenn den Schleier Liebchen lüftet,
Schüttelnd Ambralocken düftet.
Ja des Dichters Liebeflüstern
Mache selbst die Huris lüstern.

Wolltet ihr ihm dies beneiden,
Oder etwa gar verleiden;
Wisset nur, dass Dichterworte
Um des Paradieses Pforte
Immer leise klopfend schweben
Sich erbittend ewges Leben.

Talismane

Gottes ist der Orient!
Gottes ist der Okzident!
Nord- und südliches Gelände
Ruht im Frieden seiner Hände.

Er, der einzige Gerechte,
Will für jedermann das Rechte.
Sei, von seinen hundert Namen,
Dieser hochgelobet! Amen.

Mich verwirren will das Irren;
Doch du weißt mich zu entwirren.
Wenn ich handle, wenn ich dichte,
Gib du meinem Weg die Richte.

Ob ich Irdsches denk und sinne,
Das gereicht zu höherem Gewinne.
Mit dem Staube nicht der Geist zerstoben,
Dringet, in sich selbst gedrängt, nach oben.

Im Atemholen sind zweierlei Gnaden:
Die Luft einziehen, sich ihrer entladen;
Jenes bedrängt, dieses erfrischt;
So wunderbar ist das Leben gemischt.
Du danke Gott, wenn er dich presst,
Und dank ihm, wenn er dich wieder entlässt.

Selige Sehnsucht

Sagt es niemand, nur den Weisen,
Weil die Menge gleich verhöhnet,
Das Lebendge will ich preisen
Das nach Flammentod sich sehnet.

In der Liebesnächte Kühlung,
Die dich zeugte, wo du zeugtest,
Überfällt dich fremde Fühlung
Wenn die stille Kerze leuchtet.

Nicht mehr bleibest du umfangen
In der Finsternis Beschattung,
Und dich reißet neu Verlangen
Auf zu höherer Begattung.

Keine Ferne macht dich schwierig,
Kommst geflogen und gebannt,
Und zuletzt, des Lichts begierig,
Bist du Schmetterling verbrannt.

Und so lang du das nicht hast,
Dieses: Stirb und werde!
Bist du nur ein trüber Gast
Auf der dunklen Erde.

Wanderers Gemütsruhe

Übers Niederträchtige
Niemand sich beklage;
Denn es ist das Mächtige,
Was man dir auch sage.

In dem Schlechten waltet es
Sich zu Hochgewinne,
Und mit Rechtem schaltet es
Ganz nach seinem Sinne.

Wandrer! – Gegen solche Not
Wolltest du dich sträuben?
Wirbelwind und trocknen Kot
Lass sie drehn und stäuben.

Gingo biloba

Dieses Baums Blatt, der von Osten
Meinem Garten anvertraut,
Gibt geheimen Sinn zu kosten,
Wie's den Wissenden erbaut.

Ist es Ein lebendig Wesen,
Das sich in sich selbst getrennt?
Sind es zwei, die sich erlesen,
Dass man sie als Eines kennt?

Solche Frage zu erwidern
Fand ich wohl den rechten Sinn;
Fühlst du nicht an meinen Liedern,
Dass ich eins und doppelt bin?

Vollmondnacht

Herrin, sag was heißt das Flüstern?
Was bewegt dir leis die Lippen?
Lispelst immer vor dich hin,
Lieblicher als Weines Nippen!
Denkst du deinen Mundgeschwistern
Noch ein Pärchen herzuziehn?
»Ich will küssen! Küssen! sagt ich.«

Schau! Im zweifelhaften Dunkel
Glühen blühend alle Zweige,
Nieder spielet Stern auf Stern;
Und smaragden, durchs Gesträuche
Tausendfältiger Karfunkel:
Doch dein Geist ist allem fern.
»Ich will küssen! Küssen! sagt ich.«

Dein Geliebter, fern, erprobet
Gleicherweis im Sauersüßen,
Fühlt ein unglückselges Glück.
Euch im Vollmond zu begrüßen
Habt ihr heilig angelobet,
Dieses ist der Augenblick.
»Ich will küssen! Küssen! sag ich.«

Lesebuch

Wunderlichstes Buch der Bücher
Ist das Buch der Liebe;
Aufmerksam hab ich's gelesen:
Wenig Blätter Freuden,
Ganze Hefte Leiden;
Einen Abschnitt macht die Trennung.
Wiedersehn! ein klein Kapitel,
Fragmentarisch. Bände Kummers
Mit Erklärungen verlängert,
Endlos, ohne Maß.
O Nisami! – doch am Ende
Hast den rechten Weg gefunden;
Unauflösliches wer lös't es?
Liebende sich wiederfindend.

Urworte. Orphisch

ΔΑΙΜΩΝ, Dämon.

Wie an dem Tag, der dich der Welt verliehen,
Die Sonne stand zum Gruße der Planeten,
Bist alsobald und fort und fort gediehen,
Nach dem Gesetz wonach du angetreten.
So musst du sein, dir kannst du nicht entfliehen,
So sagten schon Sibyllen, so Propheten;
Und keine Zeit und keine Macht zerstückelt
Geprägte Form die lebend sich entwickelt.

ΤΥΧΗ, das Zufällige.

Die strenge Grenze doch umgeht gefällig
Ein Wandelndes, das mit und um uns wandelt;
Nicht einsam bleibst du, bildest dich gesellig,
Und handelst wohl so wie ein andrer handelt:
Im Leben ist's bald hin- bald widerfällig,
Es ist ein Tand und wird so durchgetandelt.
Schon hat sich still der Jahre Kreis geründet,
Die Lampe harrt der Flamme die entzündet.

ΕΡΩΣ, Liebe.

Die bleibt nicht aus! – Er stürzt vom Himmel nieder,
Wohin er sich aus alter Öde schwang,
Er schwebt heran auf luftigem Gefieder
Um Stirn und Brust den Frühlingstag entlang,

Scheint jetzt zu fliehn, vom Fliehen kehrt er wieder,
Da wird ein Wohl im Weh, so süß und bang.
Gar manches Herz verschwebt im Allgemeinen,
Doch widmet sich das edelste dem Einen.

ΑΝΑΓΚΗ, Nötigung.

Da ist's denn wieder wie die Sterne wollten;
Bedingung und Gesetz und aller Wille
Ist nur ein Wollen, weil wir eben sollten,
Und vor dem Willen schweigt die Willkür stille;
Das Liebste wird vom Herzen weggescholten,
Dem harten Muss bequemt sich Will und Grille.
So sind wir scheinfrei denn nach manchen Jahren
Nur enger dran als wir am Anfang waren.

ΕΛΠΙΣ, Hoffnung.

Doch solcher Grenze, solcher ehrnen Mauer
Höchst widerwärtge Pforte wird entriegelt,
Sie stehe nur mit alter Felsendauer!
Ein Wesen regt sich leicht und ungezügelt:
Aus Wolkendecke, Nebel, Regenschauer
Erhebt sie uns, mit ihr, durch sie beflügelt,
Ihr kennt sie wohl, sie schwärmt durch alle Zonen;
Ein Flügelschlag – und hinter uns Äonen!

Um Mitternacht

Um Mitternacht ging ich, nicht eben gerne,
Klein, kleiner Knabe, jenen Kirchhof hin
Zu Vaters Haus, des Pfarrers, Stern am Sterne
Sie leuchteten doch alle gar zu schön;
Um Mitternacht.

Wenn ich dann ferner in des Lebens Weite
Zur Liebsten musste, musste weil sie zog,
Gestirn und Nordschein über mir im Streite,
Ich gehend, kommend Seligkeiten sog;
Um Mitternacht.

Bis dann zuletzt des vollen Mondes Helle
So klar und deutlich mir ins Finstere drang,
Auch der Gedanke willig, sinnig, schnelle
Sich ums Vergangne wie ums Künftige schlang;
Um Mitternacht.

Der Bräutigam

Um Mitternacht, ich schlief, im Busen wachte
Das liebevolle Herz als wär es Tag;
Der Tag erschien, mir war als ob es nachte,
Was ist es mir, so viel er bringen mag.

Sie fehlte ja, mein emsig Tun und Streben
Für sie allein ertrug ich's durch die Glut
Der heißen Stunde; welch erquicktes Leben
Am kühlen Abend! lohnend war's und gut.

Die Sonne sank und Hand in Hand verpflichtet
Begrüßten wir den letzten Segensblick,
Und Auge sprach, ins Auge klar gerichtet:
Von Osten, hoffe nur, sie kommt zurück.

Um Mitternacht, der Sterne Glanz geleitet
Im holden Traum zur Schwelle wo sie ruht.
O sei auch mir dort auszuruhn bereitet,
Wie es auch sei das Leben, es ist gut.

Elegie

Und wenn der Mensch in seiner Qual verstummt,
Gab mir ein Gott zu sagen was ich leide.

Was soll ich nun vom Wiedersehen hoffen,
Von dieses Tages noch geschlossner Blüte?
Das Paradies, die Hölle steht dir offen;
Wie wankelsinnig regt sich's im Gemüte! –
Kein Zweifeln mehr! Sie tritt ans Himmelstor,
Zu ihren Armen hebt sie dich empor.

So warst du denn im Paradies empfangen,
Als wärst du wert des ewig schönen Lebens;
Dir blieb kein Wunsch, kein Hoffen, kein Verlangen,
Hier war das Ziel des innigsten Bestrebens,
Und in dem Anschaun dieses einzig Schönen
Versiegte gleich der Quell sehnsüchtiger Tränen.

Wie regte nicht der Tag die raschen Flügel,
Schien die Minuten vor sich her zu treiben!
Der Abendkuss, ein treu verbindlich Siegel:
So wird es auch der nächsten Sonne bleiben.
Die Stunden glichen sich in zartem Wandern
Wie Schwestern zwar, doch keine ganz den andern.

Der Kuss der letzte, grausam süß, zerschneidend
Ein herrliches Geflecht verschlungner Minnen.
Nun eilt, nun stockt der Fuß die Schwelle meidend,
Als trieb' ein Cherub flammend ihn von hinnen;
Das Auge starrt auf düstrem Pfad verdrossen,
Es blickt zurück, die Pforte steht verschlossen.

Und nun verschlossen in sich selbst, als hätte
Dies Herz sich nie geöffnet, selige Stunden
Mit jedem Stern des Himmels um die Wette
An ihrer Seite leuchtend nicht empfunden;
Und Missmut, Reue, Vorwurf, Sorgenschwere
Belasten's nun in schwüler Atmosphäre.

Ist denn die Welt nicht übrig? Felsenwände
Sind sie nicht mehr gekrönt von heiligen Schatten?
Die Ernte reift sie nicht? Ein grün Gelände
Zieht sich's nicht hin am Fluss durch Busch und Matten?
Und wölbt sich nicht das überweltlich Große,
Gestaltenreiche, bald Gestaltenlose?

Wie leicht und zierlich, klar und zart gewoben,
Schwebt, Seraph gleich, aus ernster Wolken Chor,
Als glich es ihr, am blauen Äther droben,
Ein schlank Gebild aus lichtem Duft empor;
So sahst du sie in frohem Tanze walten
Die lieblichste der lieblichsten Gestalten.

Doch nur Momente darfst dich unterwinden
Ein Luftgebild statt ihrer festzuhalten;
Ins Herz zurück, dort wirst du's besser finden,
Dort regt sie sich in wechselnden Gestalten;
Zu vielen bildet Eine sich hinüber,
So tausendfach, und immer immer lieber.

Wie zum Empfang sie an den Pforten weilte
Und mich von dannauf stufenweis beglückte;
Selbst nach dem letzten Kuss mich noch ereilte,
Den letztesten mir auf die Lippen drückte:
So klar beweglich bleibt das Bild der Lieben,
Mit Flammenschrift, ins treue Herz geschrieben.

Ins Herz, das fest wie zinnenhohe Mauer
Sich ihr bewahrt und sie in sich bewahret,
Für sie sich freut an seiner eignen Dauer,
Nur weiß von sich, wenn sie sich offenbaret,
Sich freier fühlt in so geliebten Schranken
Und nur noch schlägt, für alles ihr zu danken.

War Fähigkeit zu lieben, war Bedürfen
Von Gegenliebe weggelöscht, verschwunden;
Ist Hoffnungslust zu freudigen Entwürfen,
Entschlüssen, rascher Tat sogleich gefunden!
Wenn Liebe je den Liebenden begeistet,
Ward es an mir aufs lieblichste geleistet;

Und zwar durch sie! – Wie lag ein innres Bangen
Auf Geist und Körper, unwillkommner Schwere:
Von Schauerbildern rings der Blick umfangen
Im wüsten Raum beklommner Herzensleere;
Nun dämmert Hoffnung von bekannter Schwelle,
Sie selbst erscheint in milder Sonnenhelle.

Dem Frieden Gottes, welcher euch hienieden
Mehr als Vernunft beseliget – wir lesen's –
Vergleich ich wohl der Liebe heitern Frieden
In Gegenwart des allgeliebten Wesens;
Da ruht das Herz und nichts vermag zu stören
Den tiefsten Sinn, den Sinn ihr zu gehören.

In unsers Busens Reine wogt ein Streben,
Sich einem Höhern, Reinern, Unbekannten
Aus Dankbarkeit freiwillig hinzugeben,
Enträtselnd sich den ewig Ungenannten;
Wir heißen's: fromm sein! – Solcher seligen Höhe
Fühl ich mich teilhaft, wenn ich vor ihr stehe.

Vor ihrem Blick, wie vor der Sonne Walten,
Vor ihrem Atem, wie vor Frühlingslüften,
Zerschmilzt, so längst sich eisig starr gehalten,
Der Selbstsinn tief in winterlichen Grüften;
Kein Eigennutz, kein Eigenwille dauert,
Vor ihrem Kommen sind sie weggeschauert.

Es ist als wenn sie sagte: »Stund um Stunde
Wird uns das Leben freundlich dargeboten,
Das Gestrige ließ uns geringe Kunde,
Das Morgende, zu wissen ist's verboten;
Und wenn ich je mich vor dem Abend scheute,
Die Sonne sank und sah noch was mich freute.

Drum tu wie ich und schaue, froh verständig,
Dem Augenblick ins Auge! Kein Verschieben!
Begegn ihm schnell, wohlwollend wie lebendig,
Im Handeln sei's zur Freude, sei's dem Lieben;
Nur wo du bist sei alles, immer kindlich,
So bist du alles, bist unüberwindlich.«

Du hast gut reden, dacht ich, zum Geleite
Gab dir ein Gott die Gunst des Augenblickes,
Und jeder fühlt an deiner holden Seite
Sich augenblicks den Günstling des Geschickes;
Mich schreckt der Wink von dir mich zu entfernen,
Was hilft es mir so hohe Weisheit lernen!

Nun bin ich fern! Der jetzigen Minute
Was ziemt denn der? Ich wüsst' es nicht zu sagen;
Sie bietet mir zum Schönen manches Gute,
Das lastet nur, ich muss mich ihm entschlagen;
Mich treibt umher ein unbezwinglich Sehnen,
Da bleibt kein Rat als grenzenlose Tränen.

So quellt denn fort! und fließet unaufhaltsam;
Doch nie geläng's die innre Glut zu dämpfen!
Schon rast's und reißt in meiner Brust gewaltsam,
Wo Tod und Leben grausend sich bekämpfen.
Wohl Kräuter gäb's, des Körpers Qual zu stillen;
Allein dem Geist fehlt's am Entschluss und Willen,

Fehlt's am Begriff: wie sollt' er sie vermissen?
Er wiederholt ihr Bild zu tausendmalen.
Das zaudert bald, bald wird es weggerissen,
Undeutlich jetzt und jetzt im reinsten Strahlen;
Wie könnte dies geringstem Troste frommen,
Die Ebb und Flut, das Gehen wie das Kommen?

Verlasst mich hier, getreue Weggenossen!
Lasst mich allein am Fels, in Moor und Moos;
Nur immer zu! euch ist die Welt erschlossen,
Die Erde weit, der Himmel hehr und groß;
Betrachtet, forscht, die Einzelheiten sammelt,
Naturgeheimnis werde nachgestammelt.

Mir ist das All, ich bin mir selbst verloren,
Der ich noch erst den Göttern Liebling war;
Sie prüften mich, verliehen mir Pandoren,
So reich an Gütern, reicher an Gefahr;
Sie drängten mich zum gabeseligen Munde,
Sie trennen mich, und richten mich zu Grunde.

Dem aufgehenden Vollmonde

Dornburg, 25. August 1828

Willst du mich sogleich verlassen!
Warst im Augenblick so nah!
Dich umfinstern Wolkenmassen
Und nun bist du gar nicht da.

Doch du fühlst wie ich betrübt bin,
Blickt dein Rand herauf als Stern!
Zeugest mir dass ich geliebt bin,
Sei das Liebchen noch so fern.

So hinan denn! hell und heller,
Reiner Bahn, in voller Pracht!
Schlägt mein Herz auch schmerzlich schneller,
Überselig ist die Nacht.

Dornburg, September 1828

Früh wenn Tal, Gebirg und Garten
Nebelschleiern sich enthüllen,
Und dem sehnlichsten Erwarten
Blumenkelche bunt sich füllen;

Wenn der Äther, Wolken tragend,
Mit dem klaren Tage streitet,
Und ein Ostwind, sie verjagend,
Blaue Sonnenbahn bereitet;

Dankst du dann, am Blick dich weidend,
Reiner Brust der Großen, Holden,
Wird die Sonne, rötlich scheidend,
Rings den Horizont vergolden.

Vermächtnis

Kein Wesen kann zu Nichts zerfallen!
Das Ewge regt sich fort in allen,
Am Sein erhalte dich beglückt!
Das Sein ist ewig: denn Gesetze
Bewahren die lebendgen Schätze
Aus welchen sich das All geschmückt.

Das Wahre war schon längst gefunden,
Hat edle Geisterschaft verbunden,
Das alte Wahre fass es an!
Verdank es Erdensohn dem Weisen
Der ihr die Sonne zu umkreisen
Und dem Geschwister wies die Bahn.

Sofort nun wende dich nach innen,
Das Zentrum findest du dadrinnen
Woran kein Edler zweifeln mag.
Wirst keine Regel da vermissen:
Denn das selbständige Gewissen
Ist Sonne deinem Sittentag.

Den Sinnen hast du dann zu trauen,
Kein Falsches lassen sie dich schauen,
Wenn dein Verstand dich wach erhält.
Mit frischem Blick bemerke freudig,
Und wandle sicher wie geschmeidig
Durch Auen reichbegabter Welt.

Genieße mäßig Füll und Segen,
Vernunft sei überall zugegen

Wo Leben sich des Lebens freut.
Dann ist Vergangenheit beständig,
Das Künftige voraus lebendig,
Der Augenblick ist Ewigkeit.

Und war es endlich dir gelungen,
Und bist du vom Gefühl durchdrungen:
Was fruchtbar ist, allein ist wahr,
Du prüfst das allgemeine Walten,
Es wird nach seiner Weise schalten,
Geselle dich zur kleinsten Schar.

Und wie von alters her im Stillen
Ein Liebewerk nach eignem Willen
Der Philosoph, der Dichter schuf,
So wirst du schönste Gunst erzielen:
Denn edlen Seelen vorzufühlen
Ist wünschenswertester Beruf.

Zum Sehen geboren,
Zum Schauen bestellt,
Dem Turme geschworen
Gefällt mir die Welt.
Ich blick in die Ferne,
Ich seh in der Näh
Den Mond und die Sterne,
Den Wald und das Reh.
So seh ich in allen
Die ewige Zier,
Und wie mir's gefallen
Gefall ich auch mir.
Ihr glücklichen Augen
Was je ihr gesehn,
Es sei wie es wolle,
Es war doch so schön!

Anhang

Zum Text

Der Textfassung der hier gedruckten Gedichte liegt die Weimarer (Sophien-)Ausgabe (1887 ff.) zugrunde. Nur beim ersten Gedicht *Die Nacht* wurde der Text der Handschrift von 1768 einer späteren Umarbeitung Goethes vorgezogen und nach der Hamburger Ausgabe (Band 1, 1948, ^{12}1981) wiedergegeben. Die Orthographie ist dem heutigen Gebrauch angenähert, die Interpunktion erhält den Stand der Weimarer Ausgabe.

Das Verzeichnis der Gedichtüberschriften (und -anfänge) gibt Auskunft über das Entstehungsjahr der Gedichte; sie sind in der Regel chronologisch angeordnet.

Anmerkungen

5 *Zephirs:* Zephir: milder Westwind (vgl. S. 8, *Zephyr*).

9 *Duft:* bei Goethe in der Regel noch in der Bedeutung ›Dunst‹, ›Nebel‹.

milde Freude: »mild« im Sinne von ›schenkend, spendend‹.

12 *Wandrers Sturmlied:* »Ich sang diesen Halbunsinn leidenschaftlich vor mich hin, da mich ein schreckliches Wetter unterwegs traf, dem ich entgegengehen mußte.« (*Dichtung und Wahrheit*, 12. Buch.)

Deukalions Flutschlamm: Deukalion: der Noah der griechischen Sage. Die Situation ist also die eines schöpferischen Neubeginns: aus den Steinen, die Deukalion in den »Flutschlamm« hinter sich wirft, ersteht eine neue Menschheit.

Python: der von Apollo getötete Drache (daher Apollos Beiname »Pythius«).

Charitinnen: Grazien.

13 *Sohn des Wassers und der Erde:* der Schlamm.

Bromius: der »Lärmende«, Bacchus. Seine Gabe ist der Wein, der den begegnenden Bauersmann in seiner Hütte erwartet.

Jahrhunderts Genius: der Genius dieses, d. h. des 18. Jahrhunderts, als einer späten, ›dekadenten‹ Epoche.

14 *Phöbus Apoll:* der Sonnengott.

Jupiter Pluvius: der Donnerer als Gott des Regens.

kastalischer Quell / Rinnt ein Nebenbach: Die Quelle, aus der herkömmlicherweise die Dichter schöpfen, ist nur ein unbedeutendes Rinnsal im Vergleich mit der Sturzflut Jupiters, dem Regenguss, der Goethes »Lied« inspiriert.

Nicht am Ulmenbaum / Hast du ihn besucht: Die Negation bezieht sich auf »Anakreon« (nicht Anakreon hast du besucht …); entsprechend in der folgenden Strophe auf »Theokrit«.

15 *Sybaris:* Die griechische Kolonie am Sybaris in Unteritalien war im Altertum sprichwörtlich für ihren Reichtum und eine üppige Lebensführung.

Glühte deine Seel Gefahren … Mut: glühte den Gefahren Mut entgegen.

16 *Thule:* nach der antiken Geographie die nördlichste Insel der Erde.

Buhle: Geliebte (nicht abschätzig).

17 *Ganymed:* Der troische Königssohn wurde vom liebenden Zeus in Gestalt eines Adlers auf den Olymp entrückt.

20 *Wider der Titanen Übermut:* Goethe behandelt die Sage frei. Prometheus kämpft zwar gegen die Titanen, aber an der Seite des Zeus, weil er weise genug ist, das Scheitern ihrer Erhebung vorauszusehen.

21 *Schwager Kronos:* »Schwager« nannte man allgemein den Kutscher auf dem Bock; den Zeitgott Chronos kontaminiert Goethe mit dem griechischen Kronos, dem Titanen und Urvater vor Zeus und der olympischen Götterwelt.

23 *Auf dem See:* der Zürcher See, während Goethes erster Schweizer Reise nach der schwierigen Beziehung zu Lili Schönemann.

24 *Zwillingsbeeren:* immer wieder kontrovers diskutiert, wobei eine biologische Erklärung neuerdings abgelehnt, vielmehr eine Bildkontamination der »Rehzwillinge unter Lilien«, den Brüsten der »Freundin« und Sulamiths Brüsten als »Trauben am Weinstock« aus Goethes gleichzeitiger Übersetzung des *Hohen Liedes* angenommen wird (Gerhard Sauder).

27 *Warum gabst du uns die tiefen Blicke:* in einem Brief vom 14. April 1776 an Charlotte von Stein.

Glücklich, dem die Ahnung eitel wär: dessen Sorgen nichtig, bloß eingebildet sind (»Ahnung« als Gegenbegriff zu »Traum«: Glückstraum).

Ach, du warst in abgelebten Zeiten: »Ich kann mir die Bedeutsamkeit – die Macht, die diese Frau über mich hat, anders nicht erklären als durch die Seelenwanderung. – Ja, wir waren einst Mann und Weib! – Nun wissen wir von uns – verhüllt, in Geisterduft« (Goethe an Wieland).

29 *Alles gaben Götter ...:* in einem Brief vom 17. Juli 1777 an Auguste Gräfin zu Stolberg; Korrektur des früher üblichen »Alles geben die Götter« (so auch die Weimarer Ausgabe) nach der Handschrift.

30 *mit den Sperlingen / Haben längst die Reichen:* Nach Goethes eigenem Kommentar ist die Assoziation ausgelöst durch das Insichtkommen einer Stadt.

31 *dem Balsam zu Gift ward:* Schon zu Beginn gedachte Goethe des Unglücklichen, »um dessentwillen er eigentlich die Fahrt unternommen« – des wertherhaften Plessing, in dem die »Fülle der Liebe«, d. h. der Liebesüberschwang Werthers, zum Menschenhass ausschlug.

die Brüder der Jagd: der Kreis um den Weimarer Herzog Carl August auf einer Schwarzwildjagd.

32 *des gefürchteten Gipfels / Schneebehangner Scheitel:* der Brocken, auf dem der Volksglaube die Geister der Walpurgisnacht hausen sah.
aus den Adern deiner Brüder: Metalladern, »aus welchen die Reiche dieser Welt und ihre Herrlichkeit gewässert werden«.

35 *Todesglut:* Nach Böttigers Bericht soll Goethe dabei an die Glut des Herdes gedacht haben.

40 *Ein gleiches:* Der Titel meint ein zweites »Wandrers Nachtlied«.

41 *Menschheit:* im Sinne von ›Menschsein‹.

42 *dauernd:* ohne Unterbrechung.

43 *Erlkönig:* aus dem dänischen *ellerkonge* ›Elfenkönig‹; durch Assoziation mit *Eller* ›Erle‹ für Goethe mit den in den Bäumen wohnenden Elementargeistern verbunden.

47 *Vorbild:* vorläufiges, hinweisendes Bild (vgl. Strophe 2).

48 *Kennst du das Land:* Die Bilder mit Italienmotiven stehen im Zusammenhang mit der Mignon-Figur in Goethes Roman *Wilhelm Meisters Lehrjahre.*

49 *Genius:* hier Genius loci, Geist des Ortes.

50 *Triumvirn:* nach dem Dreimännerbund (Triumvirat), der Verbindung von Pompeius, Caesar und Crassus im Jahre 60 v. Chr., hier wohl die römischen Liebeslyriker Catull, Tibull und Properz meinend.

51 *Jupiter Xenius:* Beschützer der Fremden (vgl. Vers 21).
Hebe: Göttin der Jugend und Jugendschönheit.
Cestius' Mal: Pyramide des Cestius bei dem protestantischen Friedhof Roms, die Goethe zeichnete, als er »traurige Gedanken« hatte.

52 *Diese Gondel vergleich ich:* Nr. 8 der *Venezianischen Epigramme.*

53 *Singet nicht in Trauertönen:* Rollenlied der Philine aus *Wilhelm Meisters Lehrjahre.*

58 *Bajadere:* indische Tempeltänzerin, Tempelprostituierte.
Mahadöh: Beiname Schivas, einer der drei höchsten indischen Gottheiten.

67 *Hegire:* (frz.) für arab. *Hedschra*, die »Auswanderung« des Propheten Mohammed von Mekka nach Medina im Jahr 622, mit der die islamische Zeitrechnung beginnt.
Chisers Quell: Chiser ist der Hüter der Quelle des Lebens.

68 *Huris:* im islamischen Glauben Jungfrauen, die dem Gläubigen im Paradies zur Frau gegeben werden.

72 *Gingo biloba:* Die Blätter dieses aus Ostasien stammenden Baumes sind fächerförmig und haben in der Mitte oft einen tiefen Einschnitt.

74 *O Nisami!:* Goethe hat das Gedicht *Lesebuch* Versen des türkischen Dichters Nischani (um 1550) quasi nachgedichtet, ruft hier aber den persischen Dichter Nisami (1141–1209) an, der ihm *der* Dichter der Liebenden ist.

75 *Urworte. Orphisch:* Unter dem Begriff des Orphischen verschmolzen in der Tradition des antik-mythologischen Sängers Orpheus poetische, religiöse und philosophische Vorstellungen, mit deren Weisheit Goethe in dem Begriff der Urworte im Sinne heiliger Worte eigene Erkenntnisse summierte.

bald hin- bald widerfällig: Wort- und Sinnspiel in Anknüpfung an »zufällig«: das Los fällt uns zu unsern Gunsten oder Ungunsten (»hinfällig« hat also mit Hinfälligkeit nichts zu tun; »hin und wider«: hin und her, hin und zurück).

aus alter Öde: aus dem Chaos (nach der antiken Theodizee).

76 *verschwebt im Allgemeinen:* in einer unpersönlichen, von Gegenstand zu Gegenstand schweifenden Leidenschaft.

vor dem Willen schweigt die Willkür: Wille im Gegensatz zu Willkür als von dem Gesetz, der Notwendigkeit bestimmt.

79 *Elegie:* Das Gedicht entstand nach der Abreise von Marienbad, so dass das »Wiedersehen« von Strophe 1 sich auf Goethes anschließenden Aufenthalt in Karlsbad und die Wiederbegegnung mit Ulrike von Levetzow vom 25. August bis 5. September 1823 bezieht, die den 74-jährigen Goethe ein letztes Mal sich als Liebenden erfahren lässt.

Cherub: Engel des Alten Testaments.

80 *das überweltlich Große:* das Firmament mit seinen wechselnden Wolkenbildungen.

Seraph: Engel des Alten Testaments.

81 *wir lesen's:* vgl. Phil 4,7.

82 *immer kindlich:* wie die Kinder, die ungeteilt in der Gegenwart aufgehen.

die Gunst des Augenblickes: »Augenblick« spielt doppeldeutig zwischen »Moment« und »Blick der Augen«.

83 *Pandoren:* Pandora: Gestalt der griechischen Mythologie (»die von allen / mit allem Beschenkte«), wurde von allen Göttern mit den besten Gaben bedacht, von Zeus aber erhielt sie ein Gefäß (die Büchse der Pandora), das, geöffnet, alle Übel und Qualen für die Menschen entströmen ließ.

86 *Und dem Geschwister:* den Geschwistern der Erde, d. h. den Planeten.

88 *Zum Sehen geboren:* Lied des Turmwächters Lynceus (griech., ›der Luchsäugige‹; einer der Argonauten, dessen Sehschärfe sprichwörtlich wurde) in Goethes *Faust II.*

Nachbemerkung

Johann Wolfgang Goethe (28. August 1749 – 22. März 1832), der Frankfurter Patriziersohn und Weimarer Höfling, in allen Verhältnissen ein autonomer Geist, hat wie kein Zweiter die deutsche Lyrik schöpferisch bestimmt. Er hat die literarischen Epochen vom Rokoko über Sturm und Drang, über eine antikisierende Klassik und eine romantische Klassik bis zur Biedermeierzeit durchschritten. Seiner Begabung zum sprachlichen Ausdruck kam von der Jugendperiode bis ins hohe Alter eine außergewöhnliche Empfindungsfähigkeit und eine besondere Unmittelbarkeit der Wahrnehmung und des Erlebens zustatten. Der früher daraus abgeleitete problematische Begriff der Erlebnislyrik freilich übersieht, in wie vielen literarischen Stilhaltungen sich Goethe ausdrückte, wie viele Formen er sich anverwandelte. Wenn er 1823 zu Eckermann sagte: »Alle meine Gedichte sind Gelegenheitsgedichte«, so ist gewichtiger der Folgesatz: »sie sind durch die Wirklichkeit angeregt und haben Grund und Boden«, und noch wesentlicher der vorausgehende Gedanke, dass eben dieses Spezielle durch den Dichter ins »Allgemeine« gehoben wird. So hat die Genialität eines Menschen, der im Herzogtum Sachsen-Weimar-Eisenach ebenso wie in Rom als ein moderner *uomo universale* lebte und sich selbst auch so verstand, auf die deutsche Lyrik, die deutsche Literatur, Sprache und Kultur unvergleichlichen Einfluss genommen.

Es ist selbstverständlich ein kaum begründbares Unterfangen, aus dem lyrischen Werk solchen Lebens, solcher Bedeutung und solchen Umfangs fünfzig Beispiele auszuwählen. Aber es gibt auch ein reales Verlangen nach einem solchen Entree zu Goethes Gedichtwerk, und so mag der Vierzeiler, den Goethe unter eine Zeichnung seines Hauses am Frauenplan in Weimar schrieb, zur Rechtfertigung dienen:

Warum stehen sie davor?
Ist nicht Türe da und Tor?
Kämen sie getrost herein,
Würden wohl empfangen sein.

Um sich in diesem Haus dann weiter umzusehen, gibt es genug andere, umfangreichere Editionen, auch literaturwissenschaftlich kommentiert, und es gibt viele Aufsätze und viele lesbare Interpretationen zu Goethes Gedichten.

Zeittafel

1749	Am 28. August wird Johann Wolfgang Goethe in Frankfurt geboren. Vater ist der kaiserliche Rat Dr. jur. Johann Caspar, die Mutter Catharina Goethe, geb. Textor.
1756–59	Unterricht im Lateinischen, Griechischen und Französischen sowie im Zeichnen.
1759–63	Goethe erhält Unterricht im Italienischen, Englischen und Hebräischen. An seinem 13. Geburtstag überreicht er seinem Vater einen ersten Band eigener Gedichte.
1765	Studienbeginn in Leipzig.
1768	Ende Juli erleidet Goethe einen Blutsturz, am 1. September kehrt er nach Frankfurt zurück.
1769	Nur langsame Erholung von schwerer Krankheit, Lektüre pansophisch-alchemistischer Schriften, die für den *Faust* wichtig werden sollen.
1770	Ende März Abreise nach Straßburg. Im September besteht er sein juristisches Vorexamen. Bekanntschaft mit Johann Gottfried Herder, der ihm Homer, Shakespeare, Ossian und die Volkspoesie näherbringt.
1771	Im August promoviert Goethe zum Lizentiaten der Rechte und kehrt nach Frankfurt zurück, wo er als Advokat am Schöffengericht zugelassen wird.
1773	*Götz von Berlichingen* erscheint im Selbstverlag, das Stück wird 1774 uraufgeführt.
1774	*Die Leiden des jungen Werthers* (zweite Fassung 1786).
1775	Verlobung mit Elisabeth (Lilli) Schönemann, die im Herbst wieder gelöst wird. Die Frühere Fassung des *Faust* (*Urfaust*) entsteht.
1777	Beginn der Arbeit am Roman *Wilhelm Meisters theatralische Sendung*.

1778	Anfänge der Arbeit am Schauspiel *Egmont.*
1779	Goethe wird Geheimer Rat. Im April Uraufführung von *Iphigenie auf Tauris.*
1782	Erhebung in den Adelsstand durch Kaiser Joseph II.
1786	Am 3. September ohne Verabschiedung Aufbruch nach Italien.
1788	Rückkehr nach Weimar; Beginn der Lebensgemeinschaft mit Christiane Vulpius, die er später heiratet.
1790	*Torquato Tasso* und *Faust. Ein Fragment.* Im März Beginn der zweiten, enttäuschenden Italienreise.
1794	Nähere Verbindung mit Friedrich Schiller, der starken Anteil nimmt an der Umarbeitung des *Wilhelm Meister* und der Wiederaufnahme der Arbeit am *Faust.*
1795	Zusammenarbeit mit Schiller an den Xenien, die 1796 in Schillers Musen-Almanach erscheinen.
1801	Erkrankung an Gesichtsrose, Kur in Pyrmont.
1805	Am 9. Mai stirbt Schiller, Goethe setzt ihm mit seinem »Epilog zu Schillers Glocke« ein Denkmal.
1806	Juni bis August in Karlsbad, das Goethe in den nächsten Jahren regelmäßig zur Kur aufsuchen wird.
1808	*Faust. Eine Tragödie.*
1809	*Die Wahlverwandtschaften.*
1811	Der erste Band *Aus meinem Leben. Dichtung und Wahrheit* wird herausgegeben (6 Bände bis 1816).
1815	Arbeit an der *Italienischen Reise.*
1816	Am 6. Juni stirbt Christiane. Im Dezember entwirft Goethe das Schema für *Faust. Zweiter Teil.*
1821	*Wilhelm Meisters Wanderjahre.*
1825	Wiederaufnahme der Arbeit am *Faust* (bis 1831).
1829	Erste *Faust*-Aufführung am Weimarer Theater.
1830	Ende November schwere Erkrankung.
1831	Im August schließt Goethe die Arbeit an *Faust II* ab.
1832	Am 22. März stirbt Goethe in Weimar.

Verzeichnis der Gedichtüberschriften und -anfänge

Gedichtanfänge sind *kursiv* gesetzt. Seitenzahlen in Klammern bedeuten, dass das Gedicht unter dem in Klammern stehenden Anfang zu finden ist.

Inhalt

Anhang

RECLAM TASCHENBUCH Nr. 20632
1999, 2021 Philipp Reclam jun. Verlag GmbH,
Siemensstraße 32, 71254 Ditzingen
Umschlaggestaltung: Anja Grimm Gestaltung
Umschlagmaterial: PEYVIDA puro 270 g/m², peyer graphic gmbh
Druck und Bindung: GGP Media GmbH,
Karl-Marx-Straße 24, 07381 Pößneck
Printed in Germany 2021
RECLAM ist eine eingetragene Marke
der Philipp Reclam jun. GmbH & Co. KG, Stuttgart
ISBN 978-3-15-020632-4

Auch als E-Book erhältlich

www.reclam.de

MIX
Papier aus verantwortungsvollen Quellen
FSC® C014496